GIRAFFE

Adult Coloring Book

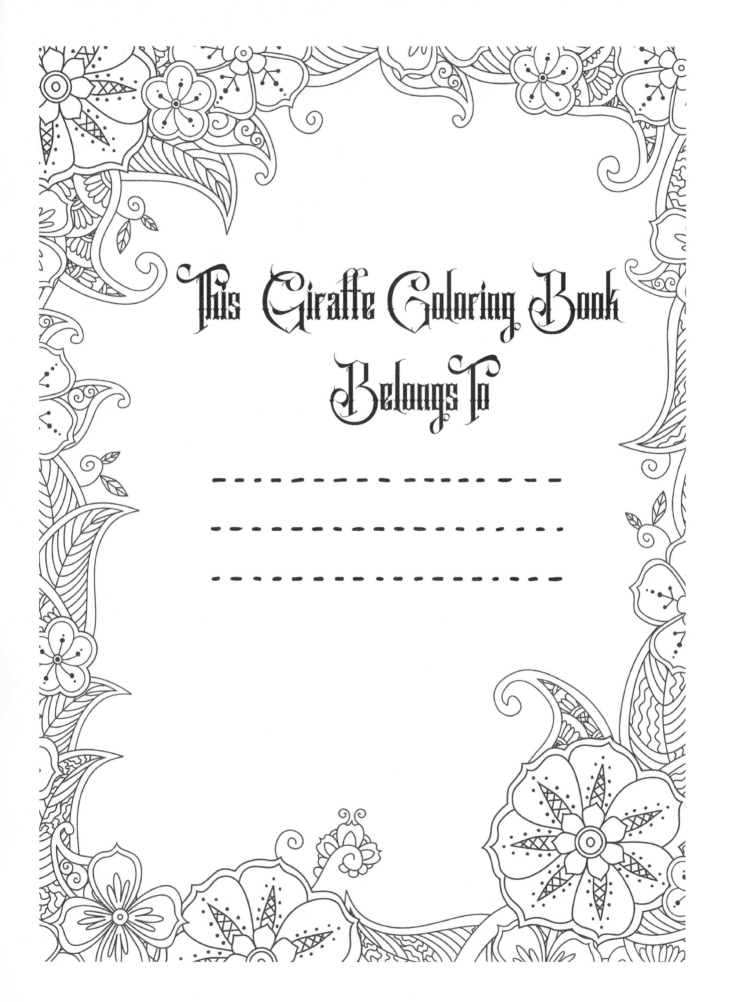

This Giraffe Coloring Book Belongs To

- - - - - - - - - - - - - - - - - -

- - - - - - - - - - - - - - - - - - -

- - - - - - - - - - - - - - - - -

 # Color Test Page

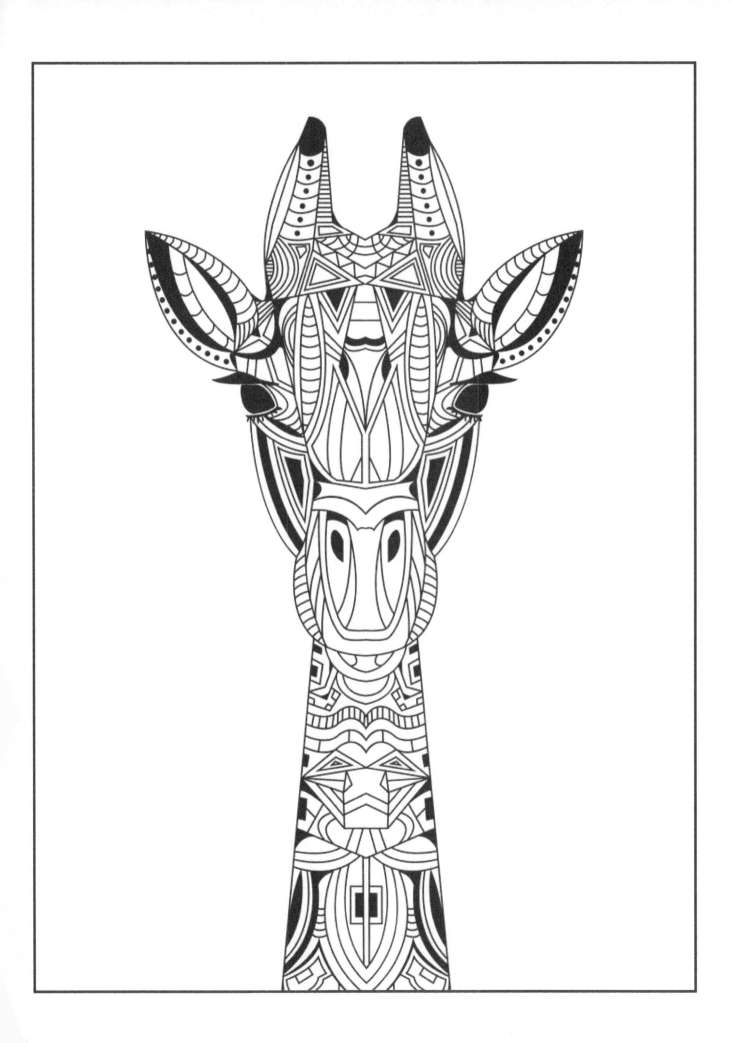

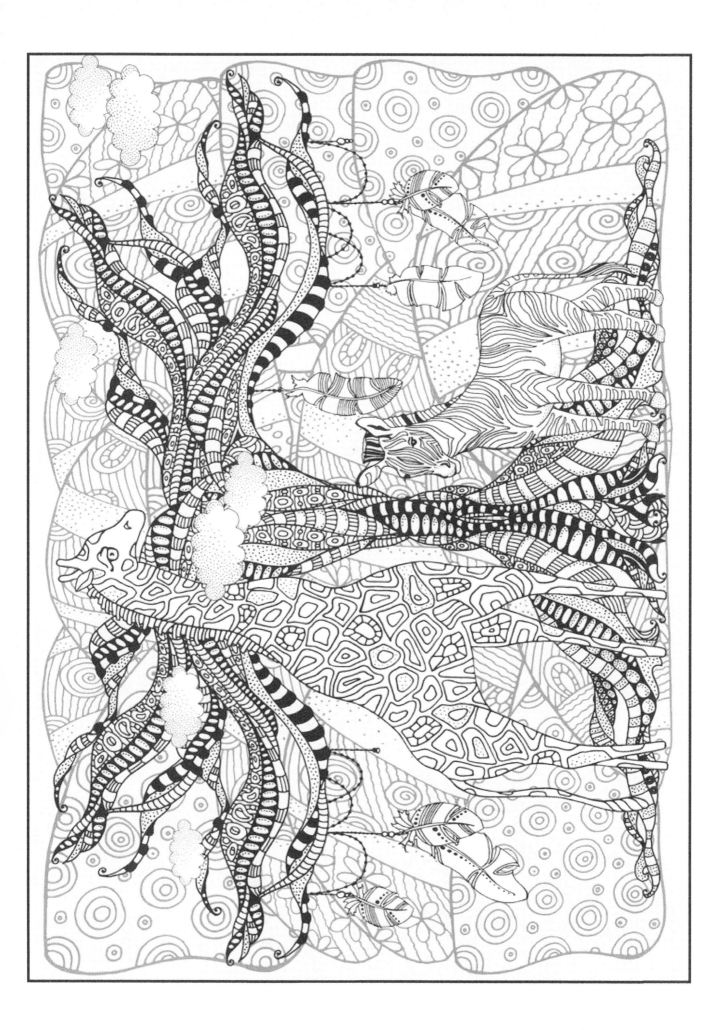

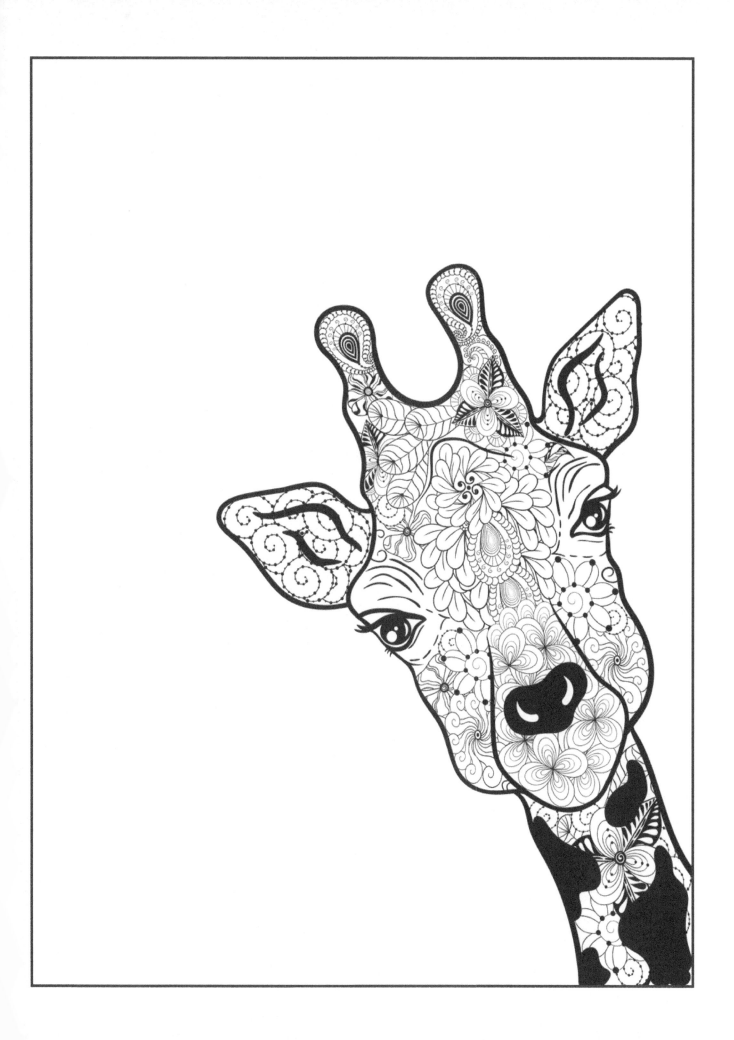

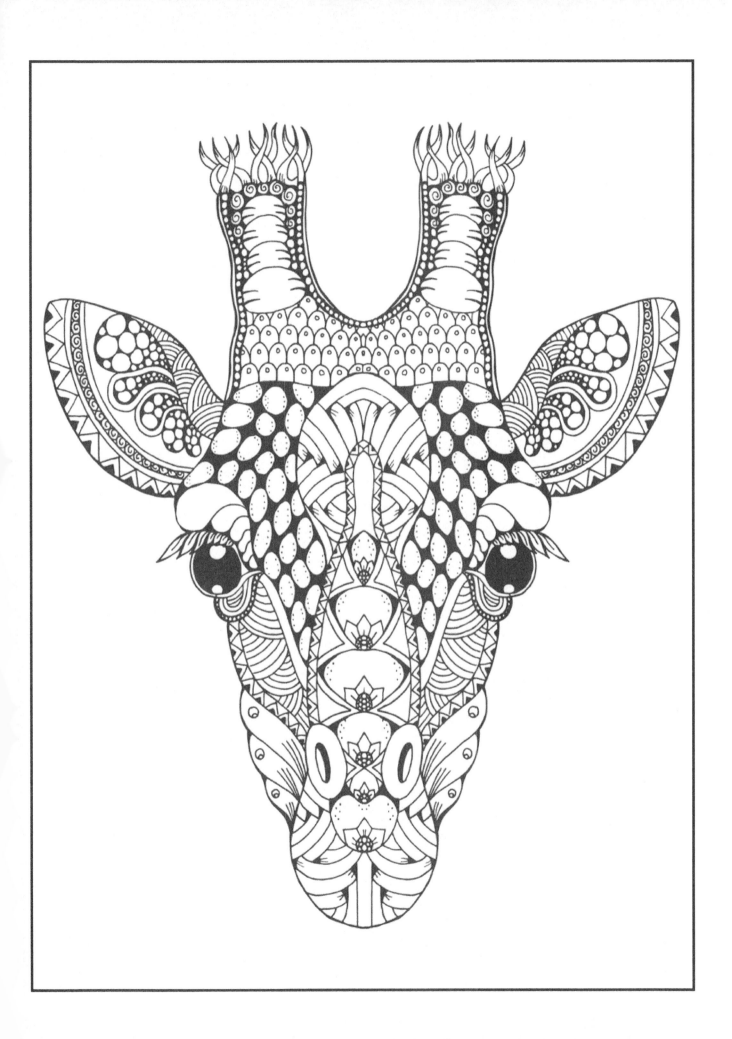

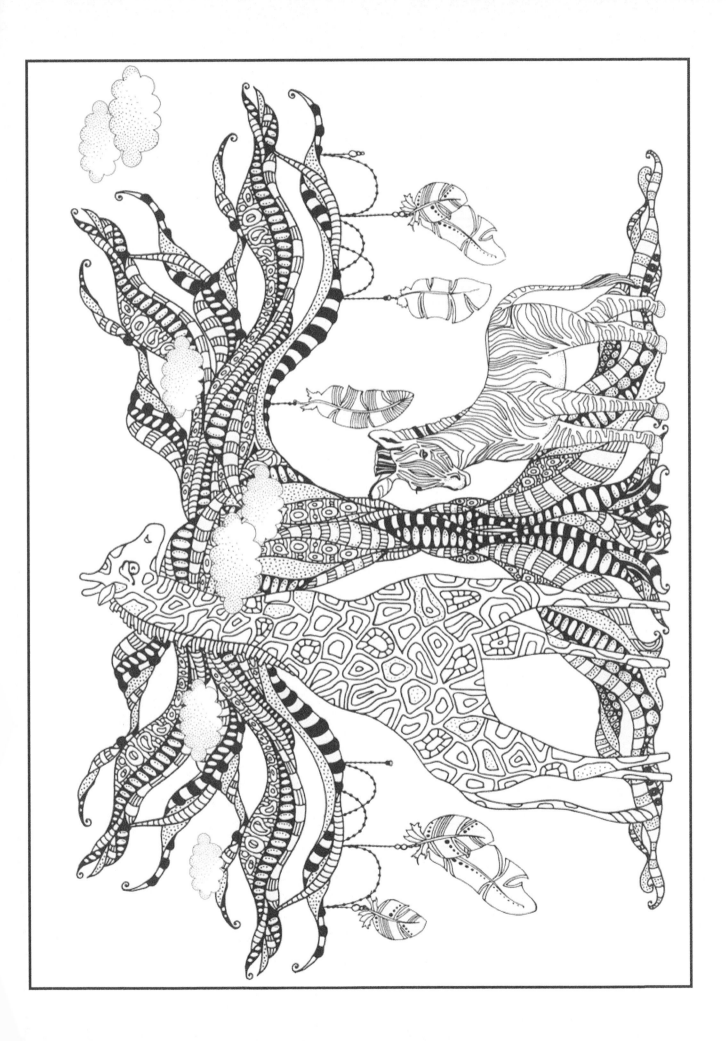

Made in the USA
Las Vegas, NV
30 September 2024

96050190R00063